OLYMPUS
ITHAQUE
PHTHIE
TROIE
PYLOS
ARGOS
SPARTE
MER ÉGÉE
O
N

Télémaque

1. À la recherche d'Ulysse

Scénario : Kid TOUSSAINT
Dessin : Kenny RUIZ
Couleurs : NOIRY

DUPUIS

Merci à Jean Chalopin, Masami Kurumada et Ray Harryhausen de m'avoir guidé vers Homère. Merci à l'aède pour cette claque que j'ai eue à 12 ans et dont je ne me suis jamais remis.
Merci à l'équipe, toujours la même, la plus belle qui soit :
Stéphane, Françoise, Mollo, Noiry, Benoît et Kenny. Kenny, mec, tu sais...

Pour Clémentine et Illyana.
Kid Toussaint

Merci à la meilleure équipe au monde : Kid, Noiry, Mollo, Felix, Benoît et Stéphane.
S'ils avaient été sur le bateau d'Ulysse, il n'aurait pas eu de problèmes.

Merci à Ray Harryhausen et Masami Kurumada pour leur interprétation « libre et inspirée » de la mythologie classique qui a réveillé mon imagination quand j'étais enfant.

Et merci à Laura, elle et Erik sont mon Ithaque, ma maison.
Kenny Ruiz

Merci à Alejandro, Miriam et Alejandra d'être venus à mon aide quand j'en avais besoin.
Et merci à Kenny, Kid, Mollo, Stéphane et Mr. B d'être une équipe épique,
je voyagerais avec vous sur la mer Égée n'importe quand !
Noiry

CONTINUE L'EXPÉRIENCE TÉLÉMAQUE
EN JOUANT SUR WWW.SPIROU.COM/TELEMAQUE

Logo de couverture : Felix Ruiz
Lettrage : Mollo Fernandez

D.2018/0089/082 – R.9/2019
ISBN : 978-2-8001-7359-7
© Dupuis, 2018. Tous droits réservés.
Éditions Dupuis s.a., rue Destrée 52, 6001 Marcinelle, Belgique.
Imprimé par Delabie - Lesaffre, ZI La Martinoire, Bld. de l'Eurozone 9, 7700 Mouscron, Belgique.
Achevé d'imprimer en août 2019.

WWW.DUPUIS.COM

PEFC-Certifié
Ce produit est issu de forêts gérées durablement et de sources contrôlées.
PEFC
PEFC/07-31-184
www.pefc.org

1 200 ans avant notre ère.
L'enlèvement de la belle Hélène de Sparte par Pâris, prince de Troie provoqua un conflit sans précédent.
Ménélas, roi de Sparte, époux bafoué, et son frère, Agamemnon, roi de Mycènes, levèrent une armée...
Ulysse roi d'Ithaque
... invitant tous les dirigeants achéens à prendre part à l'expédition punitive contre Troie pour retrouver Hélène.
Nestor roi de Pylos
Diomède roi d'Argos
Ménélas roi de Sparte
Agamemnon roi de Mycènes
Ajax le grand roi de Salamine
Ajax le petit roi de Locride
Achille roi de Phthie
Idoménée roi de Crète
Ulysse dut abandonner sa femme Pénélope et son nouveau-né, Télémaque, pour assumer ses responsabilités dans l'alliance achéenne et ainsi défendre son royaume.

La guerre dura près de dix ans.
Le roi Priam et ses alliés résistèrent bien des années.
le roi Priam
Hector
Hélène
Pâris
Laocoon
Cassandre
Andromaque
Sarpédon
Énée
Et bien des héros, de part et d'autre, périrent au combat…
Parfois remplacés par des enfants moins valeureux.
Il fallut toute la ruse d'Ulysse, aidé du charpentier Épéios, pour mettre un terme à cette lutte incessante.
L'armée achéenne s'était retirée, offrant aux Troyens un cheval géant fabriqué avec ses navires en guise de gage de défaite.

Les Troyens ne se doutant de rien acceptèrent le présent et le firent entrer dans la ville…
Mais à l'intérieur du cheval…
… se cachaient Ulysse et ses compagnons.
Et à la nuit tombée, alors qu'ils venaient de fêter leur victoire…
… ils ne virent pas les Achéens sortir du cheval pour ouvrir les portes de la ville à leur armée.
Et ainsi, Troie fut conquise et détruite.
DIX ANS DE GUERRE POUR CONQUÉRIR TROIE.
ET QUAND ELLE NOUS OUVRE SES PORTES, QUE FAIT-ON ?
ON LA RÉDUIT EN CENDRES.
VOIS LE BON CÔTÉ DES CHOSES, ULYSSE.
ON VA ENFIN POUVOIR RENTRER CHEZ NOUS.
Mais Ulysse ne revint jamais.
Son fils l'attendit encore quatre ans, jusqu'à ce que…

ON NE PEUT PAS S'ENTRAÎNER AU DISQUE PLUTÔT ?
JE N'AI PLUS RIEN À T'APPRENDRE SUR LES ARMES DE JET...
... TÉLÉMAQUE, FILS D'ULYSSE.
AU GLAIVE, PAR CONTRE...
DING!
DONG!
DONG!
LA CLOCHE ?
LA CLOCHE ?! C'EST LUI !
JE DOUTE QUE...
DING!
J'Y VAIS !
ZAS!
DING!
BOUGE PAS, MAMAN !
OH... TÉLÉMAQUE.
JE VAIS LUI OUVRIR !
DONG!
DONG!
DING!
J'ARRIVE !
RAAS!
BIENVENUE CHEZ TOI...
OH, BONJOUR, JEUNE HOMME.
... 'PA.
JE ME PRÉSENTE : AMPHINOMOS, MARCHAND D'ITHAQUE.
POURRIEZ-VOUS M'ANNONCER AUPRÈS DE VOTRE MÈRE, JE VOUS PRIE ?
SLAM!
4

TON PÈRE, LE ROI D'ITHAQUE, N'AURAIT PAS EU BESOIN DE SONNER POUR ENTRER AU PALAIS.
TU N'AS PAS RÉFLÉCHI AVANT DE TE LANCER.
ÇA VA, MENTOR !
LA LEÇON EST TERMINÉE.
JE SUIS DÉSOLÉE, TÉLÉMAQUE.
MOI AUSSI, J'AURAIS AIMÉ QUE CE SOIT LUI...
MAIS IL VA BIEN FALLOIR SE FAIRE UNE RAISON.
ULYSSE, TON PÈRE, N'EST PLUS...
IL NE PEUT PAS AVOIR SURVÉCU À UNE GUERRE DE DIX ANS POUR...
... PÉRIR SUR LE CHEMIN DU RETOUR !
NUL N'EST À L'ABRI DES CAPRICES DES DIEUX, MON FILS.
TOUS LES HÉROS QUI NE SONT PAS MORTS AU COMBAT SONT MAINTENANT RENTRÉS DE TROIE.
MAIS ILS ONT TOUS CONNU BIEN DES TOURMENTS AVANT D'ARRIVER CHEZ EUX.
PEUT-ÊTRE QUE PÈRE EST RETENU CAPTIF.
QUELQUE PART...
HA !
MON BON MONSIEUR, POURRIEZ-VOUS ME DIRE QUAND LA REINE PÉNÉLOPE VA ME RECEVOIR ?
LA REINE D'ITHAQUE NE REÇOIT PERSONNE AUJOURD'HUI.
LES PRÉTENDANTS PEUVENT DÉPOSER LEURS PRÉSENTS ET CARTES DE VISITE À CÔTÉ DU PORCHE.
OH ? JE VOIS...
CADEAUX POUR LADY PÉNÉLOPE
5

IL FAUT ALLER À TROIE, REPRENDRE LES ROUTES EMPRUNTÉES PAR PÈRE.
CE SERAIT TROP DANGEREUX ET SANS DOUTE VAIN.
J'AI ENVOYÉ DES LETTRES À MÉNÉLAS, ROI DE SPARTE, ET À NESTOR, ROI DE PYLOS, TOUS DEUX COMPAGNONS D'ARMES DE TON PÈRE À TROIE.
SI NESTOR N'A PAS RÉPONDU, MÉNÉLAS M'A DIT QUE LA DERNIÈRE FOIS QU'IL L'AVAIT VU, TON PÈRE ULYSSE ATTENDAIT LES BONS VENTS.
VIENS AVEC MOI.
IL DEVRAIT ÊTRE RENTRÉ DEPUIS DES ANNÉES.
MAIS IL N'EST PAS LÀ.
SON ÉQUIPAGE NON PLUS.
S'IL ÉTAIT RETENU PRISONNIER, PAR SON STATUT, UNE DEMANDE DE RANÇON NOUS SERAIT DÉJÀ PARVENUE.
NOUS AVONS EU LA CHANCE DE CONNAÎTRE LA PAIX EN SON ABSENCE...
MAIS ELLE NE DURERA PLUS ÉTERNELLEMENT.
OUAH!
WAF!
OUAH!
TU ES TROP JEUNE POUR MONTER SUR LE TRÔNE ET MON RÔLE DE RÉGENTE NE M'AUTORISE PAS À PRENDRE DES DÉCISIONS MILITAIRES.
MAIS LA GUERRE EST À NOS PORTES ET IL FAUT QUELQU'UN POUR PROTÉGER ITHAQUE.
IL FAUT UN ROI.
IL ME FAUT UN NOUVEAU MAR-
6
OUH LÀ LÀ ! IL FAUT QUE J'Y AILLE, MOI !
J'AI... EUH... UN COURS DE NAVIGATION...
ZAS
WAF!
WAF!
ET TU SAIS COMME JE SUIS NUL EN NAVIGATION !

LA MER EST AGITÉE CE MATIN !
ÇA SIGNIFIE PLUS DE POISSONS !
OUI, MAIS PLUS DE DANGERS AUSSI.
CHING! CHING!
HM-HM
J'OFFRE UNE FORTE RÉCOMPENSE À QUICONQUE M'EMMÈNERA À PYLOS.
OH ?
MONSEIGNEUR NOUS PREND POUR SES MULES. ELLE EST DE COMBIEN, CETTE RÉCOMPENSE ?
BOUAH !
AVEC ÇA, TU POURRAIS T'ACHETER UNE PETITE FLOTTILLE !
MERCI POUR LE CADEAU, MONSEIGNEUR !
ET BONNE CHANCE POUR RALLIER PYLOS.
QUOI ?!
CHOF!
JE VOIS. ALORS...
7

STANK!
VOICI TA RÉCOMPENSE.
PLOC!
JE REPRENDS ÇA.
PAS SI VITE !
UPS!
TU CROIS QUE TU VAS T'EN SORTIR COMME ÇA, PETITE VERMINE ?!
ZAS!
CHOF!
WOUAH !
OH ! NOM DE...
C'EST...
... LE PETIT PRINCE D'ITHAQUE !
PARDONNEZ-NOUS, VOTRE MAJESTÉ, NOUS NE VOUS AVIONS PAS RECONNUE !
NOUS VOUS EMMÈNERONS OÙ VOUS VOULEZ.
"HM" EUH... OUI, ALORS... EUH... VOUS TROIS.
ON VA À PYLOS.
8

MERCI,
MES AMIS !
VOUS AVEZ DE QUOI VOUS ACHETER UN NAVIRE FLAMBANT NEUF !
JE GARDE LE VÔTRE.
JE TROUVERAI BIEN ICI QUELQU'UN POUR LE MANŒUVRER OU M'APPRENDRE À LE FAIRE...
TÉLÉMAQUE !
QUELLE JOIE D'ENFIN TE RENCONTRER !
TU AS LA FORCE DE TON PÈRE ET LE REGARD TENDRE DE TA MÈRE !
VIENS LÀ !
COMME TU DOIS AVOIR HÂTE QUE JE TE RACONTE LES EXPLOITS DU DÉFUNT ULYSSE !
ENTRONS NOUS RESTAURER !
DÉ-
DÉFUNT ?
HÉLAS, LES DIEUX NOUS ONT ENLEVÉ L'HOMME AUX MILLE RUSES.
9

L'HISTOIRE RETIENDRA QUE NOUS AVONS PERDU LES PLUS VALEUREUX DES HOMMES À LA GUERRE DE TROIE, QU'ACHILLE FUT LE PLUS BRAVE D'ENTRE EUX ET ULYSSE, LE PLUS MALIN.
MAIS IL FAUT QUE TU SACHES QU'AU COMBAT, TON PÈRE ÉTAIT AUSSI FORT QU'AJAX.
D'AILLEURS, C'EST ULYSSE QUI A REMPORTÉ LES JEUX CÉLÉBRANT LES FUNÉRAILLES D'ACHILLE.
CO-COMMENT EST-IL MORT ?
NUL NE LE SAIT VRAIMENT. IL VOULAIT DEMANDER AU DIEU ÉOLE DE BONS VENTS POUR LE RAMENER À ITHAQUE...
AU DIEU ÉOLE ?
IL A DONC PRIS LA MER...
... PUIS A DISPARU.
A-T-IL ENGENDRÉ ET SUBI LE COURROUX DES DIEUX ?
OU A-T-IL ÉTÉ ATTAQUÉ PAR LES THRACES, DERNIERS ALLIÉS DE TROIE ?
MAIS CESSONS DE PARLER DE LA MORT ET CÉLÉBRONS LA VIE !
NOUS AVONS TANT DE RAISONS DE NOUS RÉJOUIR.
10
DEMAIN, NOUS ANNONCERONS AU PEUPLE LES FUTURES FIANÇAILLES DE MA FILLE, POLYCASTE !
DEMAIN ?!

MAIS NICOSTRATE ET LES SPARTES NE SONT PAS SUPPOSÉS ARRIVER AVANT...
OH, MAIS JE NE TE MARIE PLUS AU FILS DE MÉNÉLAS.
J'AI CHANGÉ D'AVIS. JE NE TE L'AVAIS PAS DIT ?
NON !
LAISSONS LÀ LE VIEUX ET NOTRE SŒUR.
ALLONS PRENDRE PART À DES ACTIVITÉS D'HOMMES.
ÇA TE DIT UN PUGILAT ? OU BIEN UNE COURSE À PIED ?
EUH... NON...
ET PUIS-JE SAVOIR À QUI DONC TU VAS ME SACRIFIER ?
NÉOPTOLÈME. LE FILS D'ACHILLE.
PEUT-ÊTRE PRÉFÈRES-TU ALLER VOIR LES FILLES DE PYLOS ?
OU LES JEUNES ÉPHÈBES D'AILLEURS !
NON !
ALLONS, DANS QUELLE DISCIPLINE CROIS-TU POUVOIR NOUS DÉFIER, TÉLÉMAQUE ?
NÉOPTOLÈME ?! C'EST UN PSYCHOPATHE !
C'EST UN VAILLANT COMBATTANT QUI A CERTES FAIT UN PEU DE ZÈLE À TROIE...
... MAIS QUI A MÛRI AU POINT DE DEVENIR MONARQUE À PHTHIE ET DE CONQUÉRIR LES ROYAUMES AUTOUR DE LUI.
IL A DÉJÀ FAIT TOMBER ARGOS, ET TE MARIER À LUI PRÉSERVERA PYLOS.
VOTRE UNION UNIRA NOS ROYAUMES DANS LA PROSPÉRITÉ ET SPARTE DEMEURERA NOTRE ALLIÉE.
MERCI DE ME DEMANDER MON AVIS.
TAP!
EUH... JE NE SUIS PAS MAUVAIS AU DISQUE, MAIS JE CROIS QUE JE PRÉFÉRERAIS ALLER ME COUCHER.
HA ! BONNE IDÉE !
ALLONS D'ABORD AUX THERMES NOUS FAIRE LAVER PAR LES ESCLAVES.
ET DEMAIN NOUS PRENDRONS DU BON TEMPS.
11

TÉLÉMAQUE !
ALLEZ, FILS D'ULYSSE.
AAAH!
LÈVE-TOI !
SI TU VEUX RETROUVER TON PÈRE, IL FAUT PARTIR.
HEU... MAINTENANT ?
LÀ...
TOUT DE SUITE ?
OUI...
SAUF SI MONSIEUR L'ENFANT GÂTÉ SOUHAITE ATTENDRE UNE ANNÉE OU UNE DÉCENNIE DE PLUS.
NON-NON !
MAIS...
POURQUOI TU SORS PAR LA FENÊTRE ?
SHUM!
CLASH!

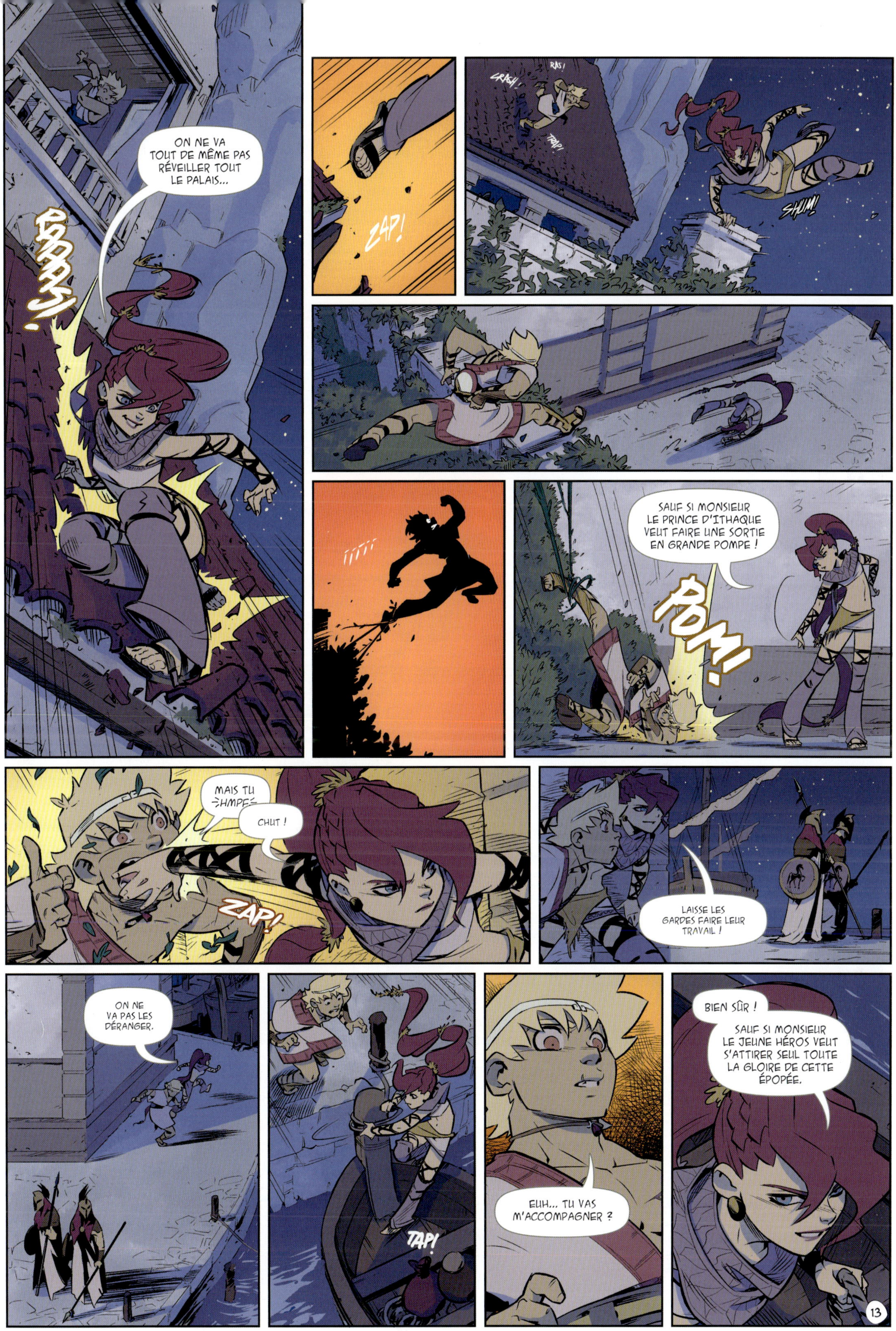
ON NE VA TOUT DE MÊME PAS RÉVEILLER TOUT LE PALAIS...
ZAP!
CRASH!
RAS!
TRAP!
SHUM!
SAUF SI MONSIEUR LE PRINCE D'ITHAQUE VEUT FAIRE UNE SORTIE EN GRANDE POMPE !
POM!
MAIS TU
HMPF
CHUT !
ZAP!
LAISSE LES GARDES FAIRE LEUR TRAVAIL !
ON NE VA PAS LES DÉRANGER.
TAP!
EUH... TU VAS M'ACCOMPAGNER ?
BIEN SÛR !
SAUF SI MONSIEUR LE JEUNE HÉROS VEUT S'ATTIRER SEUL TOUTE LA GLOIRE DE CETTE ÉPOPÉE.

POLYCASTE !
ELLE N'EST PAS AUX ÉCURIES !
PERSONNE NE L'A VUE CE MATIN.
ET LE FILS D'ULYSSE EST INTROUVABLE, LUI AUSSI.
VRAIMENT ?
JE NE VOIS QU'UNE SEULE EXPLICATION...
LE JEUNE PRINCE D'ITHAQUE A ENLEVÉ VOTRE SŒUR POUR EN FAIRE SA CONCUBINE !
ELLE ÉTAIT POURTANT PROMISE AU FILS D'ACHILLE, ROI DE PHTHIE.
ET AVANT CELA AU FILS DE MÉNÉLAS, HÉRITIER DE SPARTE.
IL FAUT RETROUVER VOTRE PAUVRE SŒUR AVANT QUE CE PETIT PRÉTENTIEUX NE DÉCLENCHE UN INCIDENT DIPLOMATIQUE MAJEUR.
DONNEZ-MOI UNE FLOTTILLE, PÈRE, JE PEUX LES RETROUVER.
ET DONC, TU SAIS COMMENT TROUVER ÉOLE ?
OUI, JE LE SAIS... PLUS OU MOINS.
14

MAIS ÇA VEUT DIRE QUOI :
"IL EST ALLÉ VOIR ÉOLE POUR AVOIR BON VENT" ?
ÇA VEUT DIRE QU'IL EST ALLÉ VOIR ÉOLE POUR AVOIR BON VENT.
FLISH!
OUI, MAIS C'EST QUOI ÉOLE ?
C'EST UN TEMPLE OÙ IL EST ALLÉ PRIER ?
OU C'EST UN GARS QUI CONSTRUIT DES BATEAUX ?
BAH NON !
TU N'AS JAMAIS ENTENDU PARLER DU DIEU DES VENTS **ÉOLE** ?
RRSSS!
SI, BIEN SÛR ! MAIS MON PÈRE N'EST PAS SUPERSTITIEUX.
JE L'IMAGINE MAL SACRIFIER À UNE DIVINITÉ DE CONTE DE FÉES...
OH ! TU NE DEVRAIS PAS DIRE ÇA. SURTOUT SI ON VA LE VOIR...
QUOI ?
TU VEUX DIRE QU'IL Y A VRAIMENT UN HOMME QUI SE FAIT PASSER POUR ÉOLE ET QUE DES GENS VONT LE VOIR POUR QU'IL EXAUCE DES VŒUX ?
OÙ EST CE TYPE ?
SON ÎLE VOYAGE.
fuuuuuuu
ET GÉNÉRALEMENT, QUAND ON LE CHERCHE, C'EST LUI QUI NOUS TROUVE.
EH BIEN, JE LE CHERCHE !
FoOO
ET IL T'A DÉJÀ TROUVÉ.
oOH
15

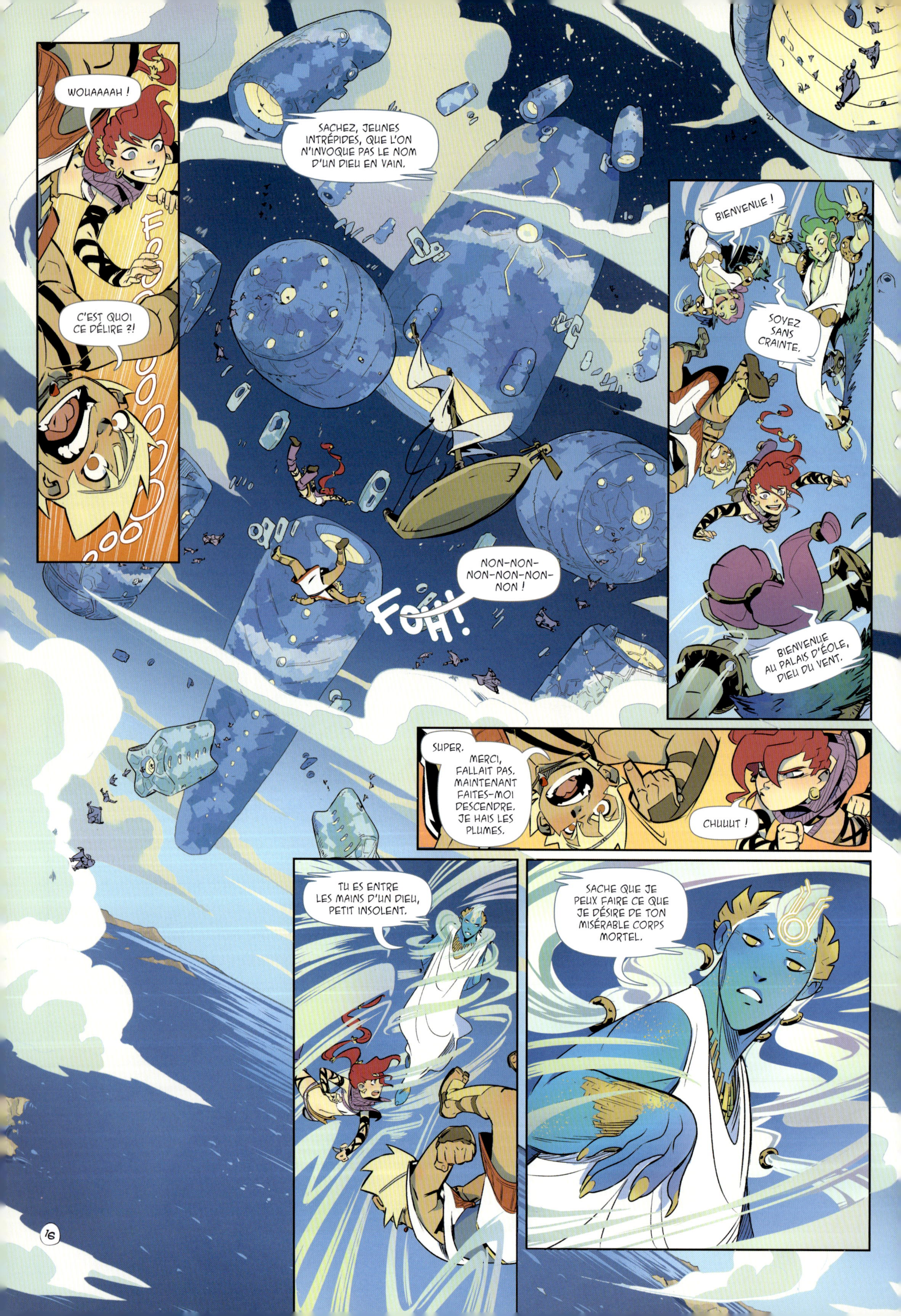
WOUAAAAH !
FOOOOOOOOOOOOO
C'EST QUOI CE DÉLIRE ?!
SACHEZ, JEUNES INTRÉPIDES, QUE L'ON N'INVOQUE PAS LE NOM D'UN DIEU EN VAIN.
NON-NON-NON-NON-NON-NON !
FOH !
BIENVENUE !
SOYEZ SANS CRAINTE.
BIENVENUE AU PALAIS D'ÉOLE, DIEU DU VENT.
SUPER.
MERCI, FALLAIT PAS. MAINTENANT FAITES-MOI DESCENDRE. JE HAIS LES PLUMES.
CHUUUT !
TU ES ENTRE LES MAINS D'UN DIEU, PETIT INSOLENT.
SACHE QUE JE PEUX FAIRE CE QUE JE DÉSIRE DE TON MISÉRABLE CORPS MORTEL.

OH, VRAIMENT ?!
RAS
SHUM!
MAC ! NON !
PRENDS ÇA !
THUUUUUUMM!!
"HM" AMUSANT.
SHU!
FUUUUUUU!!
TRÈS AMUSANT.
AWW !
17

SHHUU
AÏE.
AVEZ-VOUS CONSCIENCE QUE VOUS VOUS TENEZ FACE À UN DIEU ?
QUE FONT LES DIEUX DEVANT TANT D'IMPUDENCE ?
ILS MAUDISSENT SUR DES GÉNÉRATIONS !
ILS CONDAMNENT AUX ENFERS !
ILS TOURMENTENT SANS RELÂCHE !
NOUS IMPLORONS VOTRE DIVIN PARDON, MAÎTRE DES VENTS !
CAR LE JEUNE HOMME QUE VOUS VOYEZ LÀ EST DÉJÀ BIEN TOURMENTÉ...
SON PÈRE, SANS DOUTE DÉJÀ AUX ENFERS.
ET SA FAMILLE, MAUDITE.
AUSSI SOMMES-NOUS MALADROITEMENT VENUS SOLLICITER UNE AIDE COMME SEULS LES DIEUX BIEN-VEILLANTS PEUVENT L'ACCORDER...
SHIIII
"MH" AMUSANTS PETITS HUMAINS.
Fuuuuuuh !
Fuuuuuuuuuuuuuuuuh !
SHIIUM !
AAAAAAAAAAH !
SUIVEZ-MOI ET EXPLIQUEZ-MOI VOTRE REQUÊTE.
POM !
SHAI
DE QUI TU PARLAIS ?
JE N'ARRIVE PAS À CROIRE QUE TU SOIS LE FILS DE L'HOMME LE PLUS INTELLIGENT DU MONDE.

J'SUIS SÛR QU'IL Y A UN TRUC.
IL DIT QU'IL Y A UN TRUC.
JE VOUS ENTENDS.
APRÈS...
APRÈS LA GUERRE DE TROIE, SON PÈRE EST VENU VOUS VOIR...
ULYSSE...
IL SOUHAITAIT VOTRE BÉNÉDICTION ET VOTRE SOUTIEN POUR RENTRER CHEZ LUI...
C'EST ÉVIDENT ! IL Y A UN TRUC !
ZAP!
ZAP!
FIUUUM!
AÏE.
TOUUU!
C'EST CENSÉ ÊTRE MON ARME.
FIUM!
BOUGE PLUS DE LÀ, TOI !
MAIS DEPUIS, SON PÈRE A DISPARU...
PEUT-ÊTRE CONNAISSEZ-VOUS L'ITINÉRAIRE QU'IL A EMPRUNTÉ ALORS.
VOUS SOUVENEZ-VOUS DE...
OUI, JE ME SOUVIENS DU ROI D'ITHAQUE...
CE MAUDIT VOLEUR !
QUOI ?!
19

APRÈS LA GUERRE DE TROIE – TERRAIN DE JEU DES DIEUX AUQUEL JE NE FUS PAS CONVIÉ, SOIT DIT EN PASSANT –, ULYSSE A EFFECTIVEMENT CHERCHÉ À ME RENCONTRER.
SHAAAA
"IL VOULAIT UN VENT CLÉMENT ET VIF POUR LE RAMENER AU PLUS VITE SAIN ET SAUF À ITHAQUE ET ME SOUMIT UN CHARIOT PLEIN D'OFFRANDES POUR OBTENIR MES FAVEURS."
"JE LUI CONFECTIONNAI UN DE MES PLUS BEAUX VENTS. AUSSI ME DIT-IL QU'IL CHERCHAIT UN DIEU POUR PROTÉGER SON ÎLE."
"ET IL PROMIT DE ME BÂTIR UN TEMPLE..."
"IL ME DIT QUE SON PEUPLE SACRIFIERAIT CHAQUE JOUR À MA GLOIRE ET À MON HONNEUR..."
MON PÈRE N'EST PAS UN BIGOT !
"JE N'AURAIS JAMAIS DÛ CROIRE SES BELLES PAROLES."
"ALORS QUE JE L'ENCOURAGEAIS À RETROUVER SA PATRIE, SA FEMME ET SON ENFANT AU PLUS VITE..."
TSK !
"... LUI ME DÉROBAIT MES VENTS LES PLUS PRÉCIEUX..."
... ET QUITTAIT MON ÎLE SANS MÊME QUE JE M'EN APERÇOIVE, LA VERMINE !

"LORSQUE J'AI CONSTATÉ SA FOURBERIE, J'AI ORDONNÉ..."
"... QU'ON LE POURCHASSE AFIN DE RÉCUPÉRER LES VENTS ET DE LE JUGER."
"MAIS LA MALADRESSE DE SES HOMMES L'AVAIT DÉJÀ PUNI."
CRAAASH!
"ILS AVAIENT LIBÉRÉ UN MAUVAIS VENT QUI DÉCIMA SA FLOTTE."
BROOOOOOU!
"ALORS QUE JE VOULAIS RÉCUPÉRER LES SURVIVANTS..."
"... POSÉIDON, LE DIEU DES MERS, M'EN EMPÊCHA."
SWOOOOM!
ÉCARTE-TOI, ÉOLE !
CES HOMMES SONT DÉSORMAIS LA LIBRE POSSESSION DE MES FILS.
TU VOLES AU-DESSUS DE LEUR TERRITOIRE.
21

TU AS DONC SANS DOUTE RAISON, JEUNE FILLE.
LA FAMILLE DU PRINCE D'ITHAQUE EST MAUDITE ET SON PÈRE EST MORT, NOYÉ OU DÉVORÉ PAR LES FILS DE POSÉIDON.
IL N'EST PAS MORT ! J'EN SUIS CERTAIN !
AUSSI, J'AI PITIÉ DE LUI, ET MALGRÉ SON ARROGANCE, JE VOUS LAISSE QUITTER L'ÎLE ET VOUS POUSSERAI VERS VOS ROYAUMES.
MAIS... SI NOUS VOULIONS NOUS ASSURER DE LA MORT D'ULYSSE...
... ET RETROUVER SA DÉPOUILLE...
IL N'EST PAS MORT.
... VOUS NOUS AIDERIEZ ?
VOUS TROUVERIEZ LA MORT VOUS AUSSI DANS CETTE VAINE QUÊTE !
MAIS SI NOUS PRÉFÉRONS LA MORT DANS L'AVENTURE À LA VIE DANS L'ENNUI ?
ET SI NOUS RETROUVIONS ULYSSE VIVANT COMME SON FILS EN A LA CONVICTION ?
DANS CE CAS, J'IMAGINE QUE OUI, JE POURRAIS VOUS INDIQUER LA ROUTE VERS LES MERS OÙ J'AI PERDU ULYSSE ET...
ON N'A PAS BESOIN DE...
PAF!
PAGN!
... OÙ VOUS SERIEZ DÉVORÉS PAR LES CYCLOPES !
MERCI, DIVIN ÉOLE !
22

ET SI PAR UN INCROYABLE COUP DU SORT, VOUS RETROUVEZ ULYSSE...
... VOUS ME L'AMÈNEREZ AFIN QU'IL ME RENDE LES VENTS QU'IL M'A DÉROBÉS...
SHUM
SHUM
FUU
SHAI
SHIII
FAAM!
SHUOM
FUUUUU
SHUUUU
SHUUUUUOOOOOH
FAAAH
... QU'IL CONSTRUISE LE TEMPLE QU'IL M'A PROMIS...
SHACK
... ET QU'IL SOIT JUGÉ PAR LES DIEUX POUR SON CRIME.
THISH
UUUOOH
POUR VOUS AIDER DANS VOTRE IMPOSSIBLE QUÊTE, JE VAIS VOUS DONNER UN COUP DE POUCE.
IL SE NOMME ZÉPHYR.
SHAAAA!
MH!

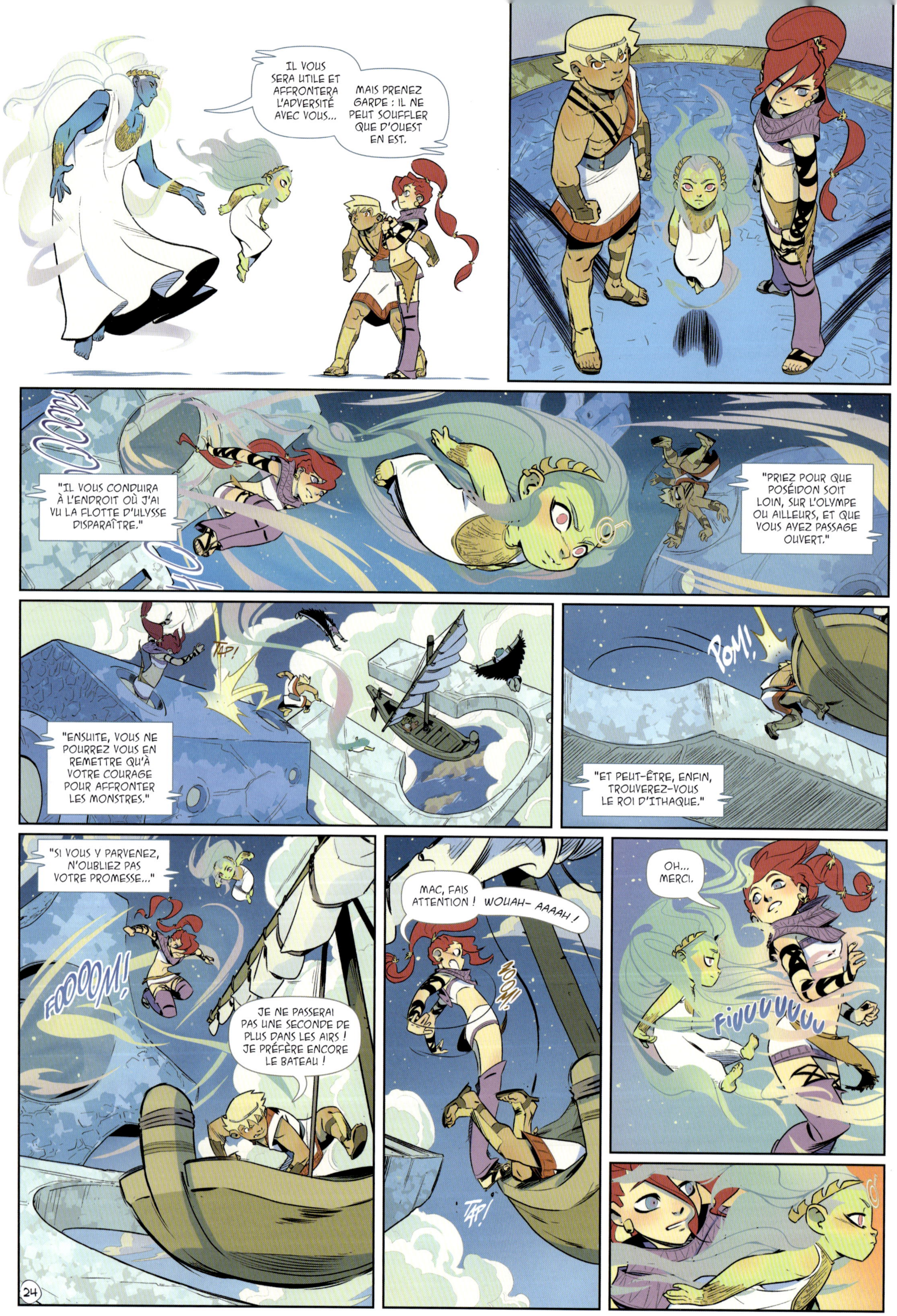
IL VOUS SERA UTILE ET AFFRONTERA L'ADVERSITÉ AVEC VOUS...
MAIS PRENEZ GARDE : IL NE PEUT SOUFFLER QUE D'OUEST EN EST.
"IL VOUS CONDUIRA À L'ENDROIT OÙ J'AI VU LA FLOTTE D'ULYSSE DISPARAÎTRE."
"PRIEZ POUR QUE POSÉIDON SOIT LOIN, SUR L'OLYMPE OU AILLEURS, ET QUE VOUS AYEZ PASSAGE OUVERT."
TAP!
"ENSUITE, VOUS NE POURREZ VOUS EN REMETTRE QU'À VOTRE COURAGE POUR AFFRONTER LES MONSTRES."
POM!
"ET PEUT-ÊTRE, ENFIN, TROUVEREZ-VOUS LE ROI D'ITHAQUE."
"SI VOUS Y PARVENEZ, N'OUBLIEZ PAS VOTRE PROMESSE..."
FOOOOM!
JE NE PASSERAI PAS UNE SECONDE DE PLUS DANS LES AIRS ! JE PRÉFÈRE ENCORE LE BATEAU !
24
MAC, FAIS ATTENTION !
WOUAH- AAAAH !
TAP!
OH... MERCI.
FIUUUUUUU

SANS QUOI, JAMAIS PLUS VOUS N'AUREZ BON VENT.
ET NOTRE LINGE METTRA DES HEURES À SÉCHER.
PACON !!
≡HMPF≡
TU AVAIS OUBLIÉ TON DISQUE, PRINCE D'ITHAQUE.
C'EST ÇA, OUAIS !
VOUS AVEZ DE LA CHANCE QUE-
MAINTENANT, ALLEZ !
AAAAAAAAAAAAAAAAAA !
"... DÉTRUIS ITHAQUE PAR TON SOUFFLE."
ZÉPHYR, JEUNE VENT DE L'OUEST, QUAND TU AURAS TROUVÉ ULYSSE, MORT OU VIVANT...
25

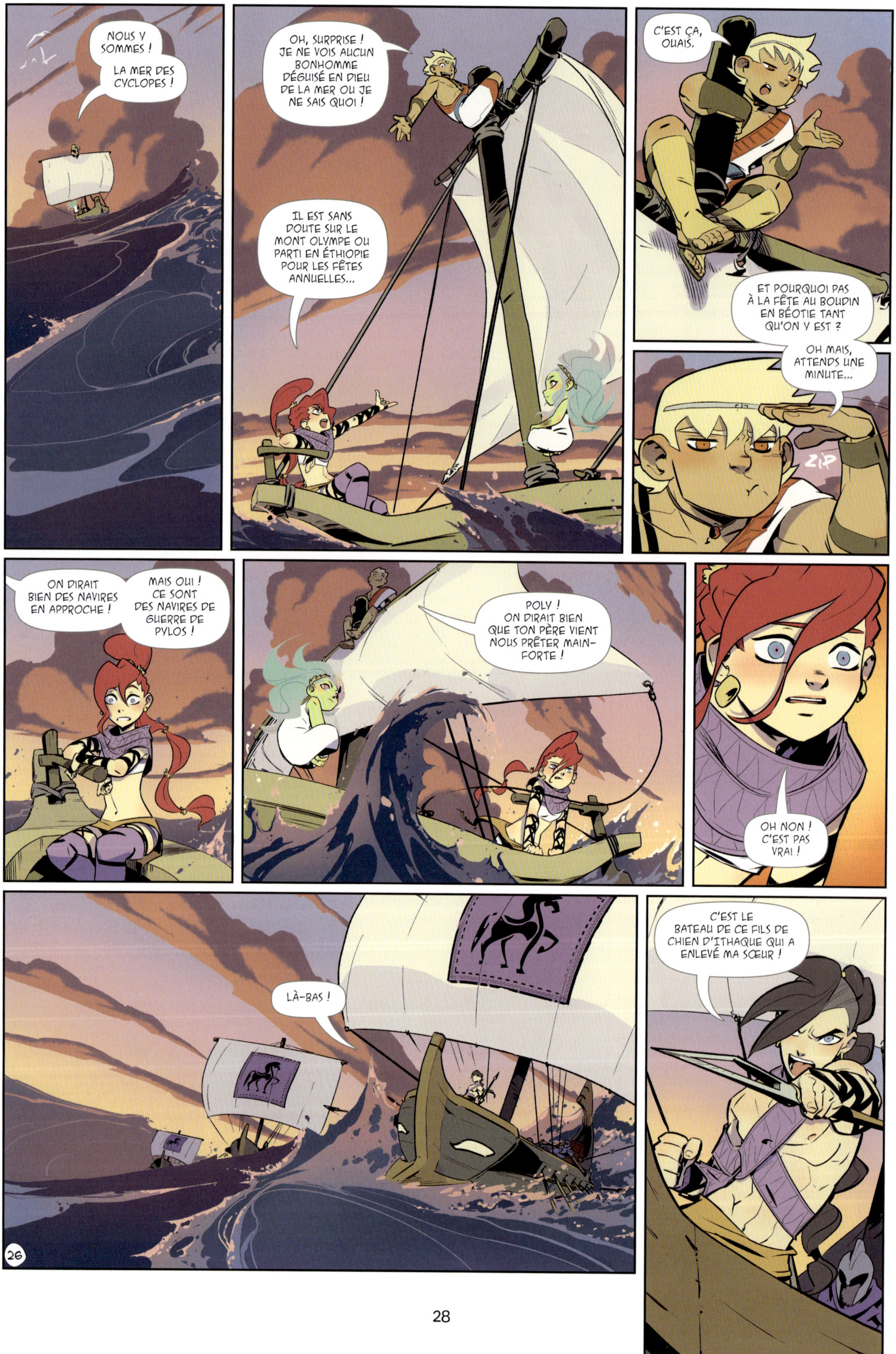
NOUS Y SOMMES !
LA MER DES CYCLOPES !
OH, SURPRISE ! JE NE VOIS AUCUN BONHOMME DÉGUISÉ EN DIEU DE LA MER OU JE NE SAIS QUOI !
IL EST SANS DOUTE SUR LE MONT OLYMPE OU PARTI EN ÉTHIOPIE POUR LES FÊTES ANNUELLES...
C'EST ÇA, OUAIS.
ET POURQUOI PAS À LA FÊTE AU BOUDIN EN BÉOTIE TANT QU'ON Y EST ?
OH MAIS, ATTENDS UNE MINUTE...
ZIP
ON DIRAIT BIEN DES NAVIRES EN APPROCHE !
MAIS OUI ! CE SONT DES NAVIRES DE GUERRE DE PYLOS !
POLY ! ON DIRAIT BIEN QUE TON PÈRE VIENT NOUS PRÊTER MAIN-FORTE !
OH NON ! C'EST PAS VRAI !
LÀ-BAS !
C'EST LE BATEAU DE CE FILS DE CHIEN D'ITHAQUE QUI A ENLEVÉ MA SŒUR !
26

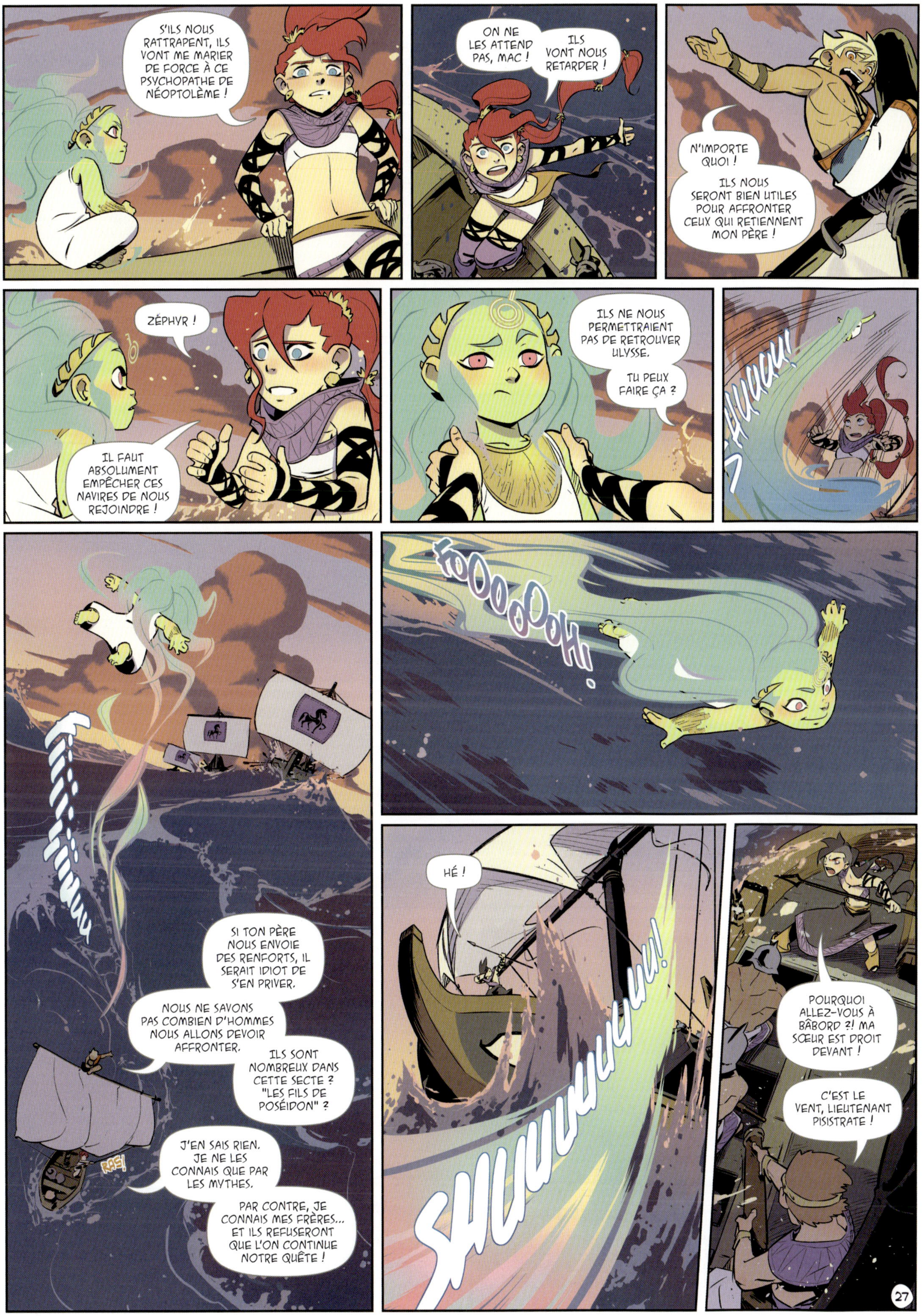
S'ILS NOUS RATTRAPENT, ILS VONT ME MARIER DE FORCE À CE PSYCHOPATHE DE NÉOPTOLÈME !
ON NE LES ATTEND PAS, MAC !
ILS VONT NOUS RETARDER !
N'IMPORTE QUOI !
ILS NOUS SERONT BIEN UTILES POUR AFFRONTER CEUX QUI RETIENNENT MON PÈRE !
ZÉPHYR !
IL FAUT ABSOLUMENT EMPÊCHER CES NAVIRES DE NOUS REJOINDRE !
ILS NE NOUS PERMETTRAIENT PAS DE RETROUVER ULYSSE.
TU PEUX FAIRE ÇA ?
SHUUUU!
FOOOOOOH!
SI TON PÈRE NOUS ENVOIE DES RENFORTS, IL SERAIT IDIOT DE S'EN PRIVER.
NOUS NE SAVONS PAS COMBIEN D'HOMMES NOUS ALLONS DEVOIR AFFRONTER.
ILS SONT NOMBREUX DANS CETTE SECTE ? "LES FILS DE POSÉIDON" ?
J'EN SAIS RIEN. JE NE LES CONNAIS QUE PAR LES MYTHES.
PAR CONTRE, JE CONNAIS MES FRÈRES... ET ILS REFUSERONT QUE L'ON CONTINUE NOTRE QUÊTE !
RAS!
HÉ !
SHUUUUUUUUU!
POURQUOI ALLEZ-VOUS À BÂBORD ?! MA SŒUR EST DROIT DEVANT !
C'EST LE VENT, LIEUTENANT PISISTRATE !
27

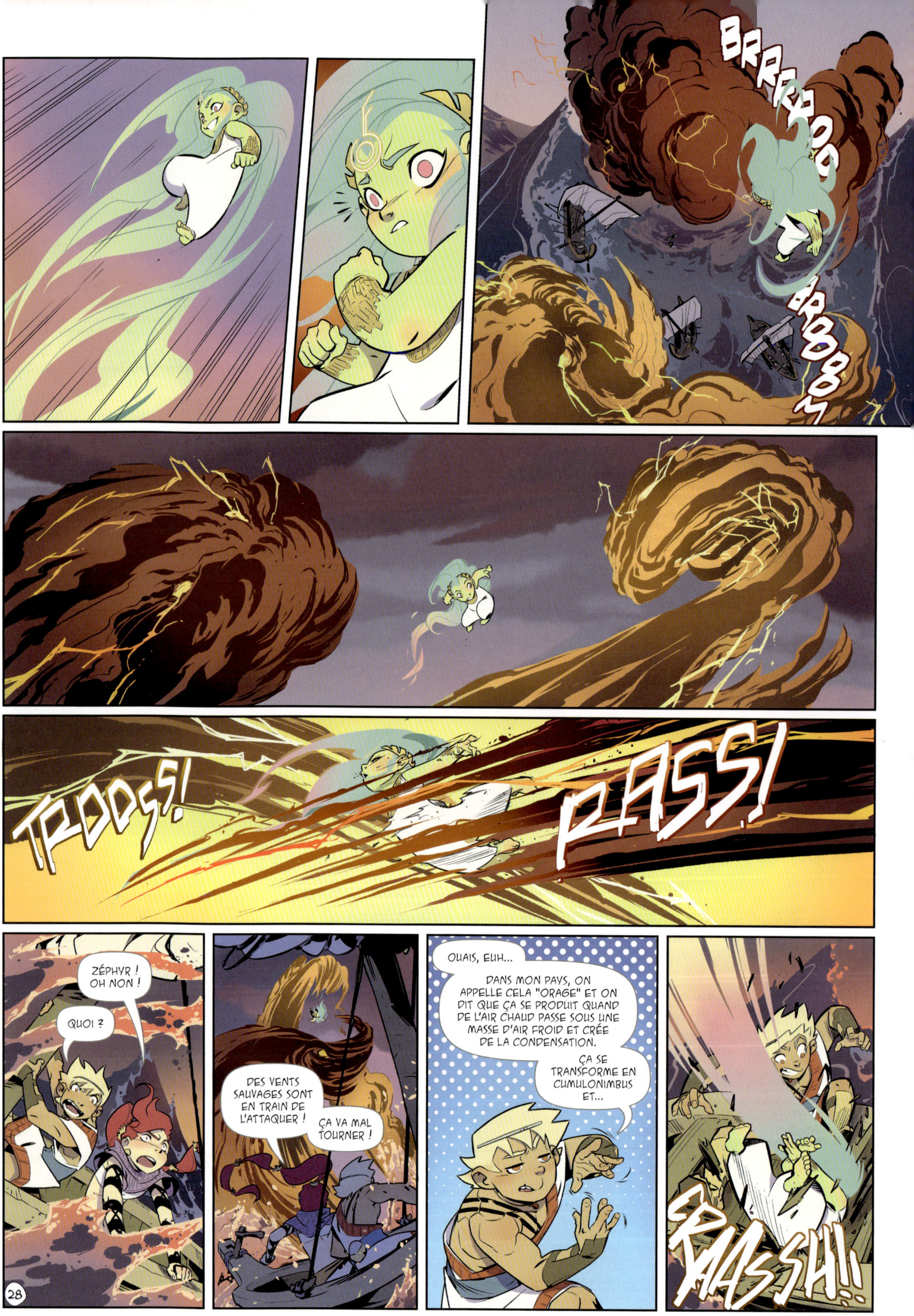
BRRRROOO
BROOOM
TROOSS!
RASS!
ZÉPHYR ! OH NON !
QUOI ?
DES VENTS SAUVAGES SONT EN TRAIN DE L'ATTAQUER !
ÇA VA MAL TOURNER !
OUAIS, EUH...
DANS MON PAYS, ON APPELLE CELA "ORAGE" ET ON DIT QUE ÇA SE PRODUIT QUAND DE L'AIR CHAUD PASSE SOUS UNE MASSE D'AIR FROID ET CRÉE DE LA CONDENSATION.
ÇA SE TRANSFORME EN CUMULONIMBUS ET...
CRAASSH!!
28

ZÉPHYR !
C'EST SANS DOUTE LES VENTS LIBÉRÉS PAR TON PÈRE !
RÉVEILLE-TOI !
BBROOOOOOM !!!
BROOOOSH !!
AAAAAAAAHHH !
UNE ÎLE !
LÀ !
NOUS Y SOMMES !

NON MAIS ÇA VA PAS, LA TÊTE !
PLOOOOFF !!
ZAAAS !
CHAAASSSHH !
AAARGH !
AH BEN BRAVO !
C'EST GAGNÉ CETTE FOIS ! IL EST CASSÉ !
ZÉPHYR !!
POLY ?!
ZÉPHYR !
MAC ! OÙ EST... ZÉPHYR ?!
JE NE SAIS PAS !
POLY !
°BLURP°
POTOOM !
AAARF !
30

KOF KOF
MAIS AU MOINS NOUS SOMMES SUR LA TERRE FER... ?
DÉSOLÉ, POLY, MAIS TON VENT DE MALHEUR A DISPARU...
HEIN ?!
LES ARMOIRIES D'ITHAQUE !
MON PÈRE S'EST BIEN ÉCHOUÉ SUR CETTE PLAGE !
POLY ! POLY, RÉVEILLE-TOI !
ON EST SUR LA BONNE PISTE !
MON PÈRE EST ICI !
SLAM !
31

JUNIOR ?!
J'AI UNE SURPRISE POUR TOI !
MAIS 'PA !
JE T'AI DÉJÀ DIT DE NE PLUS M'APPELER JUNIOR !
ZAS!
FUUU
FIIIIW
=HMPF=
AH OUAIS ?! ET COMMENT JE DOIS T'APPELER ALORS ?!
ZAP!
CLINK
MON NOM EST PERSONNE !
CLANK
CLANK
HMPF... IMPOSSIBLE !
CLUNK
CLANK
CLONK
QUOI ?! TU VEUX PORTER LE NOM DE L'IDIOT QUI M'A FAIT ÇA !
IL NE T'AURAIT PAS FAIT ÇA SI TU N'AVAIS PAS VOULU LE MANGER, 'PA !
ET IL ÉTAIT TRÈS INTELLIGENT !
MAIS OUI, C'EST ÇA !
32
HÉ ! SORS DE MA CHAMBRE, C'EST MON ESPACE PRIVÉ, OK ?
ÉVIDEMMENT, TU N'AS PAS TAILLÉ LE ROCHER DE TON ONCLE !

J'IMAGINE QUE TU AS ENCORE PASSÉ TOUTE LA JOURNÉE SUR TA TABLETTE !
QUAND TU AURAS FINI, TU VIENDRAS VOIR TA SURPRISE.
C'EST QUOI ? UNE NOUVELLE TABLETTE HUMAINE ?!
UN NOUVEAU NAVIRE HUMAIN ÉCHOUÉ ?
JUMP!
DES AMPHORES HUMAINES ?
DES STATUES HUMAINES ?
DES PAPYRUS HUMAINS ?
MIEUX QUE ÇA.
CLANK!
DES HUMAINS !!!
MERCI ! T'ES L'MEILLEUR, 'PA !
HA HA ! CELUI AVEC LES LONGS POILS EST POUR TOI.
CELUI AVEC MOINS DE POILS, JE ME LE GARDE POUR CE SOIR !
QUOI ?!
TU PLAISANTES, J'ESPÈRE ?
TU NE TE SOUVIENS PAS DE CE QU'IL S'EST PASSÉ LA DERNIÈRE FOIS QUE TU AS VOULU MANGER UN HUMAIN ?
TU AS PERDU UN ŒIL, JE TE SIGNALE !
JUM!
ZAP!
ÉCOUTE, FILS ! ON NE VA PAS ENCORE AVOIR CETTE DISCUSSION.
LES CYCLOPES MANGENT DES HUMAINS. POINT.
D'AAACCORD... PFFF...
MAIS JE PEUX AU MOINS JOUER AVEC LE POILS COURTS AVANT QUE TU NE LE MANGES ? L'AUTRE À L'AIR... DÉJÀ MORT.
TRÈS BIEN... MÊME SI JE N'AIME PAS QUE L'ON JOUE AVEC LA NOURRITURE.
33

BON, JE VAIS TAILLER LE ROCHER DE TON ONCLE À TA PLACE...
MÊME SI SANS MON ŒIL, JE SUIS MOINS PRÉCIS QUE TOI.
SOIS SAGE.
ET QUAND TU AURAS FINI, TU LE REMETTRAS DANS LE GARDE-MANGER.
RAAAAS !
D'ACCORD, 'PA !
JE T'ENFERME QUAND MÊME POUR ÉVITER QU'ILS NE S'ÉCHAPPENT !
À TOUT À L'HEURE, JUNIOR !
STOMP !
PERSONNE, PAPA !
MON NOM EST PERSONNE !
VIENS ! ALLONS DANS MA CHAMBRE. CE SERA PLUS TRANQUILLE POUR PARLER.
HÉHÉ.
YAAAAAAAAH !
CR
MH ?

HÉ ! C'EST UN DISKÉMA EN PIERRE ?!
JE N'EN AVAIS JAMAIS VU.
CEUX EN BOIS SONT TROP LÉGERS.
C'EST DOMMAGE, TU L'AS CASSÉ...
LES MEILLEURS SONT CEUX EN BRONZE, NON ?
CLAIR.
ET T'AS DÉJÀ ESSAYÉ LES SOLOS ?
ÉVIDEMMENT. C'EST MON ARME PRÉFÉRÉE !
AVEC UN SOLOS DE QUATRE LIVRES, JE PEUX TOUCHER UNE CIBLE À UN STADE DE DISTANCE.
UN STADE ? TU DÉCONNES ?
JE TE PROMETS.
35

LAP
LAP
J'AI COMMENCÉ À FABRIQUER DES DISQUES MOI-MÊME AVEC UN ALLIAGE QUI PÉNÈTRE MIEUX L'AIR... MAIS BON, MOI, J'SUIS MAUVAIS LANCEUR.
T'ES SÉRIEUX, L'CYCLOPE ? JE LES ESSAYERAIS VOLONTIERS...
MAIS COMMENT TU CONNAIS TOUT ÇA ?
OH, J'AI BEAUCOUP APPRIS DES HUMAINS.
OÙ SUIS-JE ?
JE RÉCUPÈRE TOUT CE QUI S'ÉCHOUE SUR LES PLAGES DE L'ÎLE... ET PUIS, IL Y A LES HUMAINS QUI ARRIVENT ICI PARFOIS.
LE DERNIER – J'ÉTAIS ENCORE PETIT – M'A ENSEIGNÉ TELLEMENT DE CHOSES.
POUR MOI, C'EST L'HOMME LE PLUS INTELLIGENT DE LA TERRE.
TU SAIS S'IL VENAIT... D'ITHAQUE ?
OUI. COMMENT TU...?
ZÉPHYR ? MAC ? VOUS ÊTES LÀ ?
POLY !
POLY ! TU ES VIVANTE !
EUH... OK... OÙ SOMMES-NOUS ?
CHEZ LES CYCLOPES QUI S'AVÈRENT ÊTRE... EUH... VRAIMENT DES CYCLOPES.
DINGUE !
POLY, JE TE PRÉSENTE PERSONNE.
SALUT !
36

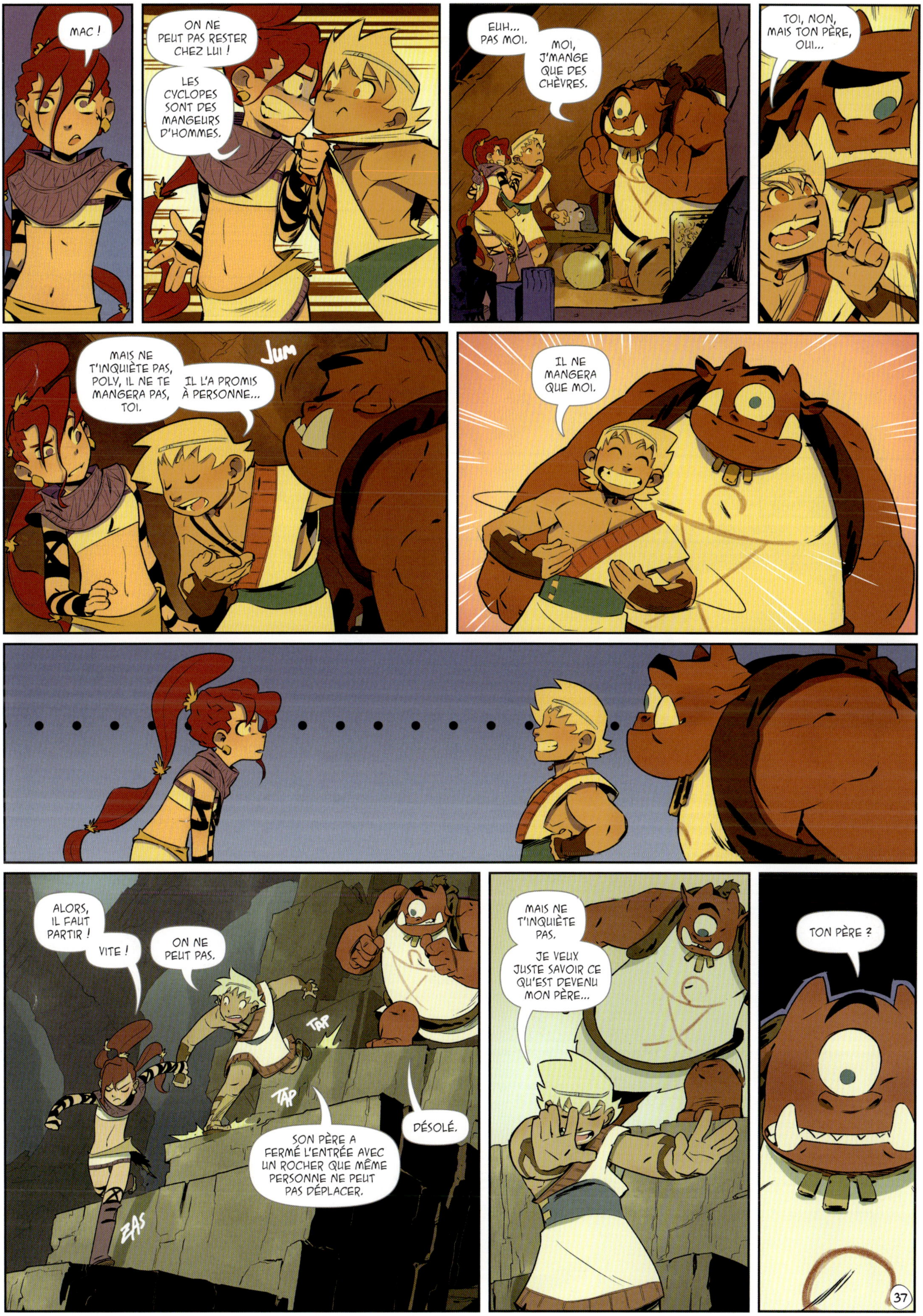
MAC !
ON NE PEUT PAS RESTER CHEZ LUI !
LES CYCLOPES SONT DES MANGEURS D'HOMMES.
EUH... PAS MOI.
MOI, J'MANGE QUE DES CHÈVRES.
TOI, NON, MAIS TON PÈRE, OUI...
MAIS NE T'INQUIÈTE PAS, POLY, IL NE TE MANGERA PAS, TOI.
IL L'A PROMIS À PERSONNE...
JUM
IL NE MANGERA QUE MOI.
ALORS, IL FAUT PARTIR !
VITE !
ON NE PEUT PAS.
TAP
TAP
SON PÈRE A FERMÉ L'ENTRÉE AVEC UN ROCHER QUE MÊME PERSONNE NE PEUT PAS DÉPLACER.
DÉSOLÉ.
ZAS
MAIS NE T'INQUIÈTE PAS.
JE VEUX JUSTE SAVOIR CE QU'EST DEVENU MON PÈRE...
TON PÈRE ?
37

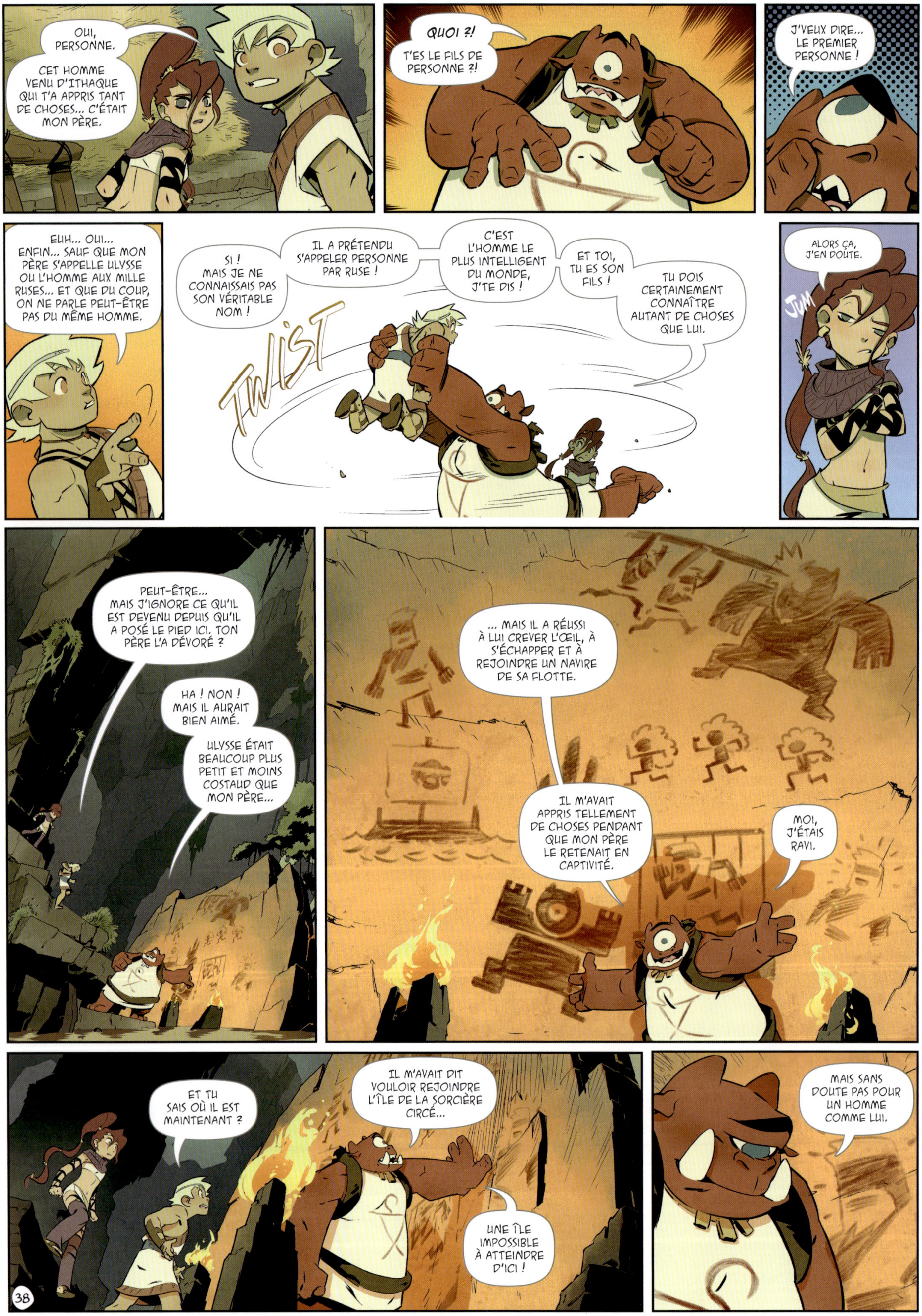
OUI, PERSONNE.
CET HOMME VENU D'ITHAQUE QUI T'A APPRIS TANT DE CHOSES... C'ÉTAIT MON PÈRE.
QUOI ?! T'ES LE FILS DE PERSONNE ?!
J'VEUX DIRE... LE PREMIER PERSONNE !
EUH... OUI... ENFIN... SAUF QUE MON PÈRE S'APPELLE ULYSSE OU L'HOMME AUX MILLE RUSES... ET QUE DU COUP, ON NE PARLE PEUT-ÊTRE PAS DU MÊME HOMME.
SI ! MAIS JE NE CONNAISSAIS PAS SON VÉRITABLE NOM !
IL A PRÉTENDU S'APPELER PERSONNE PAR RUSE !
C'EST L'HOMME LE PLUS INTELLIGENT DU MONDE, J'TE DIS !
ET TOI, TU ES SON FILS !
TU DOIS CERTAINEMENT CONNAÎTRE AUTANT DE CHOSES QUE LUI.
TWIST
ALORS ÇA, J'EN DOUTE.
JUM
PEUT-ÊTRE... MAIS J'IGNORE CE QU'IL EST DEVENU DEPUIS QU'IL A POSÉ LE PIED ICI. TON PÈRE L'A DÉVORÉ ?
HA ! NON ! MAIS IL AURAIT BIEN AIMÉ.
ULYSSE ÉTAIT BEAUCOUP PLUS PETIT ET MOINS COSTAUD QUE MON PÈRE...
... MAIS IL A RÉUSSI À LUI CREVER L'ŒIL, À S'ÉCHAPPER ET À REJOINDRE UN NAVIRE DE SA FLOTTE.
IL M'AVAIT APPRIS TELLEMENT DE CHOSES PENDANT QUE MON PÈRE LE RETENAIT EN CAPTIVITÉ.
MOI, J'ÉTAIS RAVI.
ET TU SAIS OÙ IL EST MAINTENANT ?
IL M'AVAIT DIT VOULOIR REJOINDRE L'ÎLE DE LA SORCIÈRE CIRCÉ...
UNE ÎLE IMPOSSIBLE À ATTEINDRE D'ICI !
MAIS SANS DOUTE PAS POUR UN HOMME COMME LUI.
38

MMH!
JUM
RRR
MRRR
MHH
PFF
IIIIE
JE L'SAVAIS !
MON PÈRE EST VIVANT !
IL A SURVÉCU AUX CYCLOPES !
IIIIE
IL FAUT LE RETROUVER !
MRRRR
PEUT-ÊTRE QU'EN UNISSANT NOS FORCES, ON POURRA DÉPLACER CE ROCHER !
UF
UF
UF
UF
UF
MON PÈRE VA ME TUER SI NOUS Y PARVENONS !
mmh...
TU N'AURAS QU'À VENIR AVEC NOUS !
C'EST VRAI ?!
TU PRENDRAIS UN CYCLOPE AVEC TOI ?
POM!
BIEN SÛR !
CYCLOPE OU PAS, ON A BEAUCOUP EN COMMUN, TOI ET MOI !
CRIK
MAIS ON FERA QUOI UNE FOIS DEHORS ?
C'EST L'ÎLE AUX CYCLOPES !
IL DOIT Y EN AVOIR PLEIN.
RAAAS
ET PUIS, JE TE RAPPELLE QUE NOTRE BATEAU EST DÉTRUIT...
IL VA FALLOIR EN TROUVER UN AUTRE... ET LES CYCLOPES N'ONT PAS LA RÉPUTATION D'ÊTRE DES HOMMES DE LA MER.
STANK!
ÇA, C'EST SÛR.
ILS NE QUITTENT JAMAIS LEUR ÎLE... ILS N'ONT PAS DE BATEAU.
TSK
TSK
TSK
OH MAIS...
FUUUUUU!
HÉ ! OÙ TU VAS ?
JE L'AI SENTI BOUGER !
IL FAUT CONTINUER !
NON, IL N'A PAS BOUGÉ. ÇA NE SERT À RIEN.
VENEZ.
hop
39

RROOSH
JE NE PEUX RIEN VOUS PROMETTRE.
JE NE CONNAIS LES CHOSES QU'EN THÉORIE...
TAP
... ET N'AI PAS EU SOUVENT LA CHANCE D'ÉPROUVER MES CONNAISSANCES...
MAIS J'AI FABRIQUÉ CECI.
40

IL EST MAGNIFIQUE !
WAOUW !
C'EST VRAI ? TU TROUVES ?
MAIS J'IGNORE S'IL PEUT VOGUER.
EN TOUT CAS, NOUS POURRONS QUITTER L'ÎLE... RESTE À VOIR JUSQU'OÙ NOUS IRONS. JE REMONTE CHERCHER DES VIVRES ET LES DISQUES DONT JE T'AI PARLÉ, MAC.
VOUS POUVEZ EMBARQUER.
QU'EST-CE QUE TU EN PENSES ?
LES GRÉEMENTS SONT IMPRESSIONNANTS ET LA COQUE SEMBLE SOLIDE... MAIS JE NE SAIS PAS SI NOUS POURRONS LE MANŒUVRER À TROIS...
VOILÀ, JUNIOR !
OH NON...
J'AI LIVRÉ TON ONCLE.
J'ESPÈRE QUE TU N'AS PAS MANGÉ LES DEUX HUMAINS SANS MOI.
RRRRRRRRRR
VITE !
LARGUEZ LES AMARRES !
41

ON Y VA.
SUM!
JUNIOR ?
OÙ T'ES PASSÉ, NOM DE ZEUS ?!
CLASH!
RASS
TAC!
CHACK
JUNIOOOR !
JE NE M'APPELLE PAS JUNIOR !
STANK!
GAAAH !
PLAS! PLAS! PLAS! PLAS!
JE M'APPELLE PERSONNE !
PLAS! PLAS! PLAS! PLAS! PLAS! PLAS!
PLAS!
DÉPLOYEZ LES VOILES DÈS QU'ON SERA SORTIS DE LA GROTTE.
PLAS!
J'M'EN OCCUPE.
FUUUM
OUAIS, VOILÀ. ELLE S'EN OCCUPE.
FUUUUM!
42
OÙ VAS-TU, FILS ? NE PARS PAS !
ADIEU, 'PA ! IL EST TEMPS QUE JE DÉCOUVRE LE MONDE !

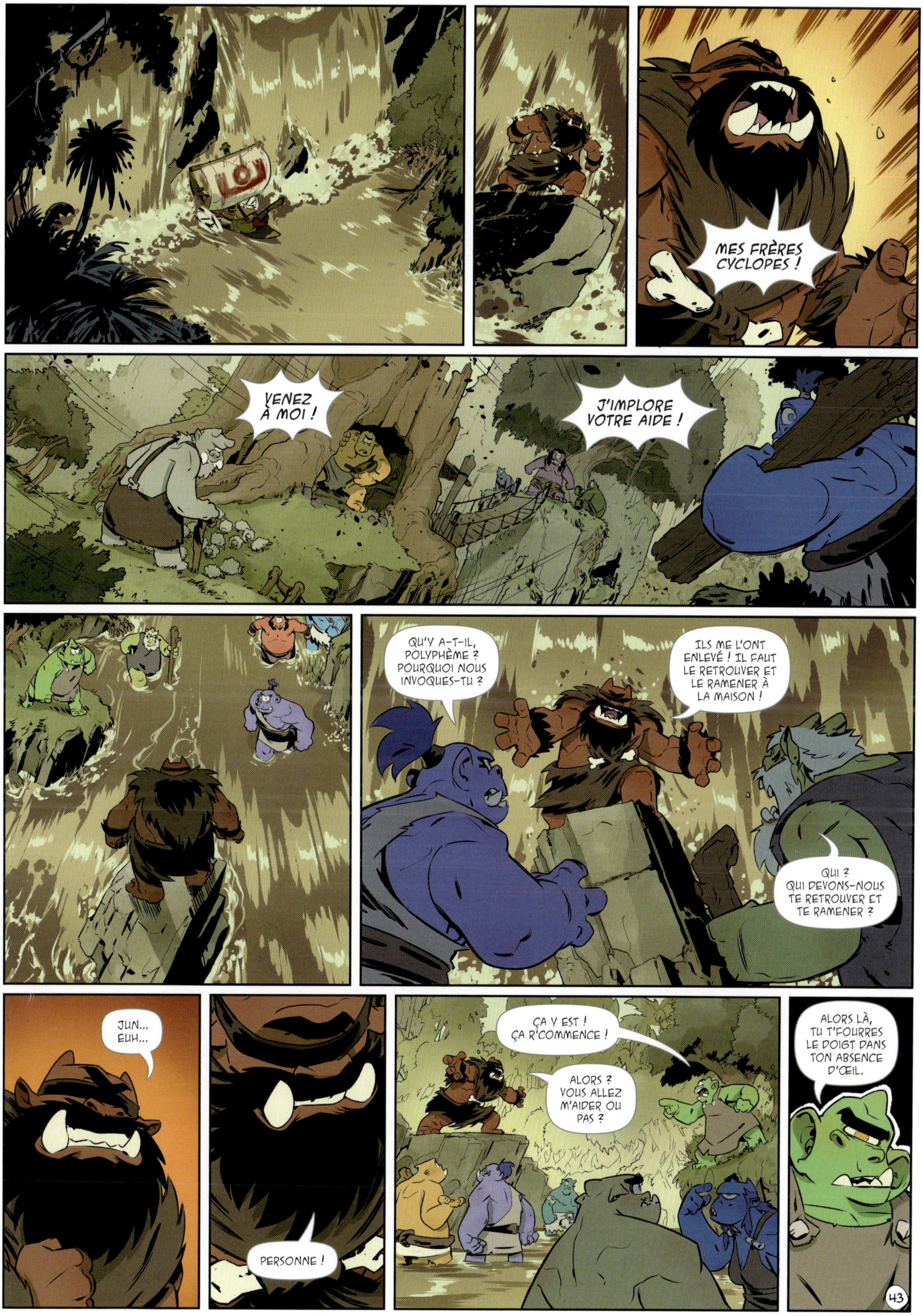
MES FRÈRES CYCLOPES !
VENEZ À MOI !
J'IMPLORE VOTRE AIDE !
QU'Y A-T-IL, POLYPHÈME ? POURQUOI NOUS INVOQUES-TU ?
ILS ME L'ONT ENLEVÉ ! IL FAUT LE RETROUVER ET LE RAMENER À LA MAISON !
QUI ? QUI DEVONS-NOUS TE RETROUVER ET TE RAMENER ?
JUN... EUH...
PERSONNE !
ÇA Y EST ! ÇA R'COMMENCE !
ALORS ? VOUS ALLEZ M'AIDER OU PAS ?
ALORS LÀ, TU T'FOURRES LE DOIGT DANS TON ABSENCE D'ŒIL.
43

J'EN REVIENS PAS !
L'ELPÉNOR PREND LA MER !
LE QUOI ?
C'EST LE NOM DE SON BATEAU.
SHOT
AAAIIIH !
CHOFFFFF!
OH NON !
GRRRRR.
QU'EST-CE QU'IL VISE BIEN POUR UN AVEUGLE !
ÉTRANGEMENT, DÉTRUIRE ET CASSER DES CHOSES NE LUI A JAMAIS POSÉ DE PROBLÈME. AVEC OU SANS SON ŒIL...
CHOF!
PERSONNE ! GÈRE LA RAME !
JE FONCE AU GOUVERNAIL !
MAC, METS-TOI À LA PROUE ET GUIDE-MOI !
OÙ ?
44
FHU
SHA
KICK
C'EST PAS VRAI !
MAIS COMBIEN Y A-T-IL DE ROCHERS SUR CETTE ÎLE ?

STAMP
AAAAH ! MAIS ARRÊTE, PAPA !
PAF !
CHOF
FLOM
CHOF !
CHAK !
ON N'ARRIVE PAS À PRENDRE DE LA VITESSE ! ON EST BLOQUÉS ET LE NAVIRE...
... DEVIENT UNE CIBLE IMMO-
-BIIIILE !
WOUAAAH !
C'EST QUOI ÇA ?
ZÉPHYR !
TU ES REVENU !
ET NOUS SOMMES MAINTENANT HORS DE PORTÉE DE L'ÎLE AUX CYCLOPES.
BIEN JOUÉ, P'TIT GARS !
Jum

VIENS T'EXPLIQUER, ROI FOU !
NESTOR !
MÉNÉLAS ! MON VIEIL AMI ET VOISIN !
TU AVAIS PROMIS TA FILLE POLYCASTE À MON FILS NICO !
TU VOULAIS UNIR NOS DEUX ROYAUMES.
PYLOS ET SPARTE SERONT TOUJOURS UNIS PAR NOTRE AMITIÉ.
N'EN SOIS PAS SI SÛR, NESTOR.
TU AS BAFOUÉ NOTRE AMITIÉ EN RENONÇANT À TA PAROLE ET EN PROMETTANT LA MAIN DE POLYCASTE À NÉOPTOLÈME, FILS D'ACHILLE ET ROI DE PHTHIE.
OUAIS !
PHTHIE
NÉOPTOLÈME EST UN PUISSANT ALLIÉ QUI POURRAIT PROFITER À SPARTE ET À PYLOS.
IL A DÉJÀ ENVAHI BIEN DES ROYAUMES ET IL VAUDRAIT MIEUX NE PAS LE NÉGLIGER.
PYLOS
SPARTE
ET SI TU VEUX T'ASSURER DE L'UNION DE NOS ROYAUMES, POURQUOI NE PAS MARIER TA FILLE À L'UN DE MES FILS ?
EUH... PARDON ?
46

JE SUIS SÛR QUE PISISTRATE SERAIT UN PARFAIT ÉPOUX POUR ELLE.
HÉ ! ET NOUS ALORS ?
EUH... ÇA N'VOUS DÉRANGE PAS SI JE DONNE MON AVIS ?
MAIS ! ET POLYCASTE ?
OÙ EST-ELLE ?
ET JUSTEMENT, POLYCASTE A DISPARU.
ELLE A ÉTÉ ENLEVÉE PAR LE FILS D'ULYSSE.
QUOI ?!
NOUS RÈGLERONS NOS COMPTES APRÈS !
POUR L'HEURE, LANÇONS UNE EXPÉDITION PUNITIVE SUR ITHAQUE !
INUTILE !
PISISTRATE EST DÉJÀ PARTI CORRIGER CE JEUNE FRELUQUET !
HÉLAS, PÈRE...
PISISTRATE !
... J'AI ÉCHOUÉ.
ET IL Y A PLUS GRAVE.
"ON ME SIGNALE QUE NÉOPTOLÈME ET SES MYRMIDONS..."
"... MARCHENT VERS PYLOS."

ON DIRAIT BIEN QUE ZÉPHYR S'EST ENDORMI.
MINCE ! COMMENT ON VA FAIRE ?
IL SUFFIT DE GARDER LE CAP JUSQU'À L'ÎLE DE CIRCÉ...
MAIS JE VOUS PRÉVIENS, CE NE SERA PAS DE LA TARTE !
IL EN EST PRESQUE MIGNON QUAND IL DORT.
J'Y CROIS PAS !
JE PARS À L'AVENTURE !
J'AI QUITTÉ L'ÎLE AUX CYCLOPES...
ET MA MAISON... ET MA CHAMBRE...
ET MES TABLETTES... ET MES CHÈVRES... ET MON PAPA.
QU'EST-CE QUE JE VAIS DEVENIIIR ? BWAHAHA !
NE T'INQUIÈTE PAS. TOUT VA BIEN SE PASSER.
AAARGH !
DES PLUMES !
LES SIRÈNES !
ON VA TOUS MOURIR !
48

DÈS QU'ELLES VONT SE METTRE À CHANTER, ON SERA HYPNOTISÉS ET ON S'ÉCHOUERA SUR LEUR PLAGE D'OS !
PUIS, ELLES NOUS DÉVORERONT !
VITE !
BOUCHEZ-VOUS LES OREILLES !
ÇA NE SERVIRA À RIEN !
LEUR CHANT EST TROP...
... PUISSANT !
STANK!
CLASH!
RASSH!
FRAAASH!
49

STOP !
JE HAIS LES PLUMES.
BON, BEN...
WOW...
ON VA VITE OUBLIER L'ÉPISODE DES SIRÈNES DANS NOTRE QUÊTE.
HÉ ! VIENS LÀ, TOI !
LÀ-BAS !
ÇA DOIT ÊTRE L'ÎLE DE CIRCÉ !
IL VA D'ABORD VOIR UN DIEU, PUIS UNE SORCIÈRE...
ET POURQUOI PAS LE MARCHAND DE SABLE...
QUELQU'UN PEUT M'EXPLIQUER ?
ULYSSE VOULAIT ÊTRE PROTÉGÉ DE POSÉIDON ET D'ÉOLE APRÈS CE QU'IL AVAIT FAIT...
50

ALORS UNE SORCIÈRE... POURQUOI PAS ?
CETTE ÎLE NE ME DIT RIEN QUI VAILLE.
BAH, JE NE VOIS PAS POURQUOI TU DIS ÇA...
ELLE M'A L'AIR TRÈS BIEN, CETTE ÎLE.
ELLE M'A MÊME L'AIR TRÈS, TRÈS BIEN.
51

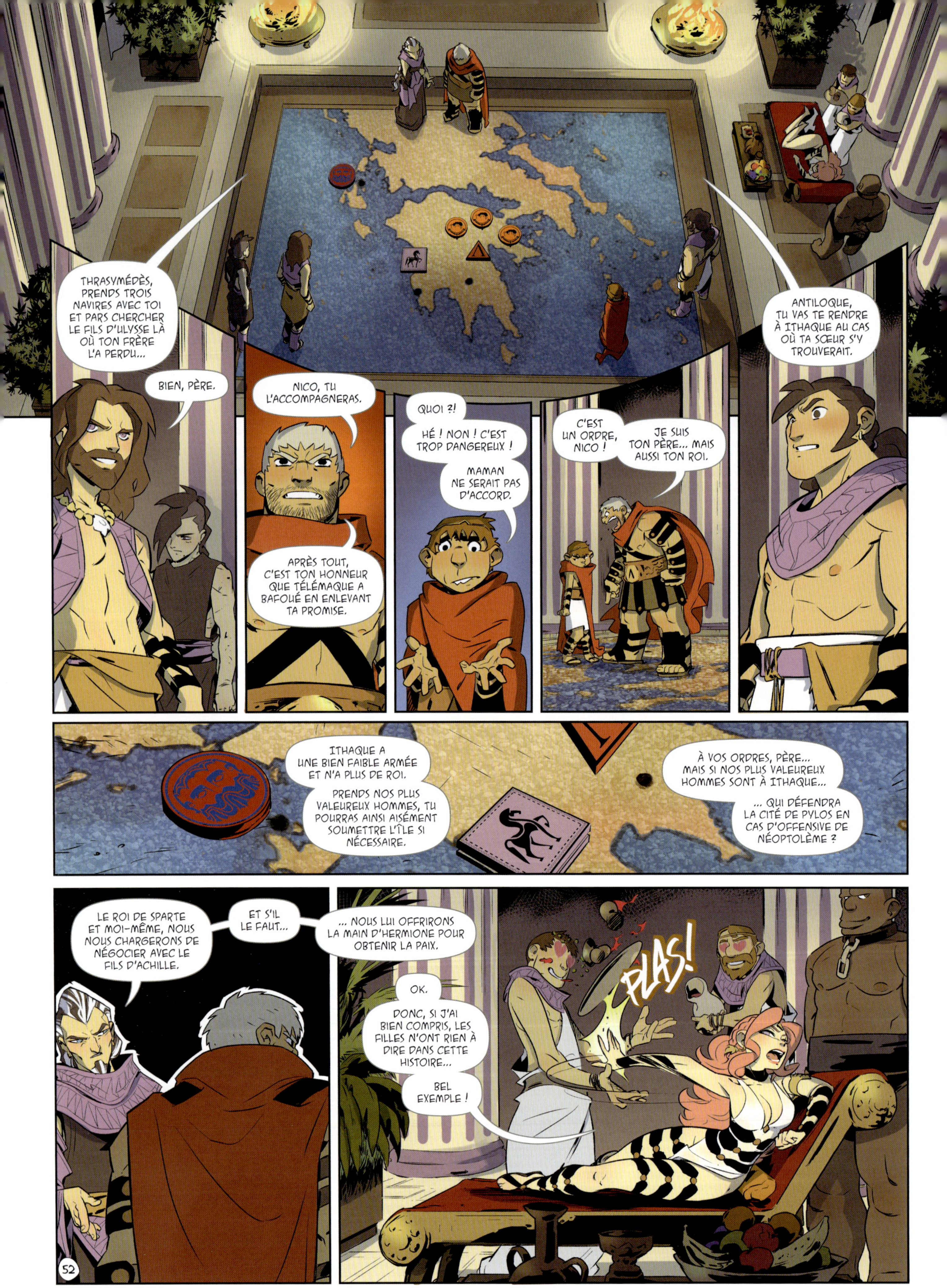

THRASYMÉDÈS, PRENDS TROIS NAVIRES AVEC TOI ET PARS CHERCHER LE FILS D'ULYSSE LÀ OÙ TON FRÈRE L'A PERDU...
ANTILOQUE, TU VAS TE RENDRE À ITHAQUE AU CAS OÙ TA SŒUR S'Y TROUVERAIT.
BIEN, PÈRE.
NICO, TU L'ACCOMPAGNERAS.
APRÈS TOUT, C'EST TON HONNEUR QUE TÉLÉMAQUE A BAFOUÉ EN ENLEVANT TA PROMISE.
QUOI ?!
HÉ ! NON ! C'EST TROP DANGEREUX !
MAMAN NE SERAIT PAS D'ACCORD.
C'EST UN ORDRE, NICO !
JE SUIS TON PÈRE... MAIS AUSSI TON ROI.
ITHAQUE A UNE BIEN FAIBLE ARMÉE ET N'A PLUS DE ROI.
PRENDS NOS PLUS VALEUREUX HOMMES, TU POURRAS AINSI AISÉMENT SOUMETTRE L'ÎLE SI NÉCESSAIRE.
À VOS ORDRES, PÈRE... MAIS SI NOS PLUS VALEUREUX HOMMES SONT À ITHAQUE...
... QUI DÉFENDRA LA CITÉ DE PYLOS EN CAS D'OFFENSIVE DE NÉOPTOLÈME ?
LE ROI DE SPARTE ET MOI-MÊME, NOUS NOUS CHARGERONS DE NÉGOCIER AVEC LE FILS D'ACHILLE.
ET S'IL LE FAUT...
... NOUS LUI OFFRIRONS LA MAIN D'HERMIONE POUR OBTENIR LA PAIX.
PLAS!
OK.
DONC, SI J'AI BIEN COMPRIS, LES FILLES N'ONT RIEN À DIRE DANS CETTE HISTOIRE...
BEL EXEMPLE !
52

MA REINE...
NOUS AVONS DES NOUVELLES DE PYLOS.
ILS DISENT...
ILS DISENT QUE TÉLÉMAQUE...
... A ENLEVÉ LA PRINCESSE POLYCASTE.
COMMENT ? C'EST IMPOSSIBLE !
IL EST INCAPABLE DE FAIRE CE GENRE DE CHOSE.
IL N'A PAS ÉTÉ ÉLEVÉ AINSI.
ET POURTANT, IL EST PARTI ET A QUITTÉ ITHAQUE SANS PRÉVENIR PERSONNE...
PEUT-ÊTRE ÉTAIT-IL HORS DE LUI...
PEUT-ÊTRE EST-IL PERTURBÉ EN CE MOMENT...
PEUT-ÊTRE...
... A-T-IL COMPRIS POUR NOUS AVANT QUE NOUS AYONS EU L'OCCASION DE LUI EN PARLER.
OH, MENTOR !
POURTANT, J'AI ESSAYÉ DE LUI DIRE QUE TU ÉTAIS DÉSORMAIS L'HOMME DE MA VIE...
ET LE FUTUR ROI D'ITHAQUE.
ET MAINTENANT, JE ME DEMANDE QUELS TOURMENTS MON FILS EST EN TRAIN D'AFFRONTER.
53

KID+KENNY+NOIRY 2017

HÉLIOS
TERRA INCOGNITA
STYX
HADÈS